Aventuras de viaje

La Gran Barrera de Coral

Valor posicional

Dona Herweck Rice

Asesora

Colene Van Brunt
Educadora de matemáticas
Escuelas Públicas del Condado de Hillsborough

Créditos de publicación

Rachelle Cracchiolo, M.S.Ed., *Editora comercial*
Conni Medina, M.A.Ed., *Redactora jefa*
Dona Herweck Rice, *Realizadora de la serie*
Emily R. Smith, M.A.Ed., *Realizadora de la serie*
Diana Kenney, M.A.Ed., NBCT, *Directora de contenido*
June Kikuchi, *Directora de contenido*
Caroline Gasca, M.S.Ed., *Editora superior*
Susan Daddis, M.A.Ed., *Editora*
Karen Malaska, M.Ed., *Editora*
Sam Morales, M.A., *Editor asociado*
Kevin Panter, *Diseñador gráfico superior*
Jill Malcolm, *Diseñadora gráfica básica*

Créditos de imágenes: págs.10–11 Doug Perrine/Getty Images; págs.12–13 Jeff Hunter/Getty Images; todas las demás imágenes provienen de iStock y/o Shutterstock.

Library of Congress Cataloging-in-Publication Data

Names: Rice, Dona, author.
Title: La Gran Barrera de Coral : valor posicional / Dona Herweck Rice.
Other titles: Great Barrier Reef. Spanish
Description: Huntington Beach, CA : Teacher Created Materials, 2019. | Series: Aventuras de viaje | Includes index. | Audience: K to Grade 3. | Identifiers: LCCN 2018055509 (print) | LCCN 2019001353 (ebook) | ISBN 9781425830038 (eBook) | ISBN 9781425828394 | ISBN 9781425828394¬q(pbk.)
Subjects: LCSH: Great Barrier Reef (Qld.)--Juvenile literature. | Coral reef ecology--Juvenile literature.
Classification: LCC QE566.G7 (ebook) | LCC QE566.G7 R5318 2019 (print) | DDC 577.7/89--dc23
LC record available at https://lccn.loc.gov/2018055509

Teacher Created Materials
5301 Oceanus Drive
Huntington Beach, CA 92649-1030
www.tcmpub.com

ISBN 978-1-4258-2839-4

Contenido

El parque de la naturaleza

La Gran Barrera de Coral es grande. Es hermosa. Es muy antigua. ¡Y está viva!

la Gran Barrera de Coral

Está formada por **arrecifes de coral** más pequeños. Muchos animales marinos viven allí. Algunos son parte del arrecife.

¡HAGAMOS MATEMÁTICAS!

Imagina que ves 16 peces payaso en la Gran Barrera de Coral. Dibuja o coloca objetos en los tableros de diez para responder las preguntas.

1. ¿Hay suficientes peces payaso para formar una decena?

2. ¿Queda algún pez payaso después de formar una decena? Si es así, ¿cuántos?

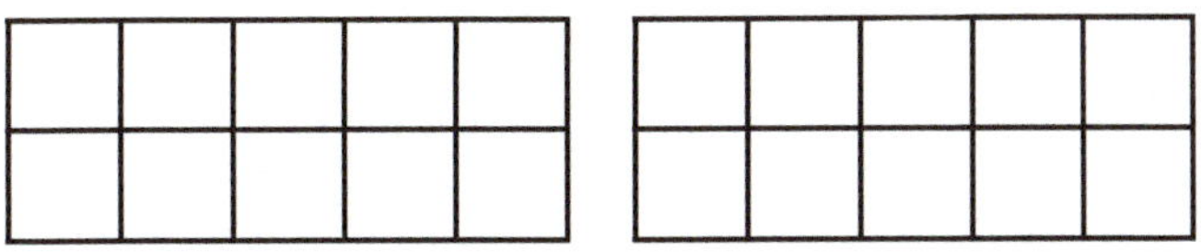

¿Qué es un arrecife?

Un arrecife es una pila de roca y coral. Un arrecife está justo debajo del agua en el océano.

Los corales vivos crecen en la roca. La roca está hecha de coral que ha muerto.

El coral vivo es colorido.

Animales marinos

¡Hay mucha vida en la Gran Barrera de Coral! Es el hogar de todo tipo de animales marinos.

Una tortuga marina verde y algunos peces nadan cerca del arrecife.

Cientos de tipos de corales viven allí. Peces de todos los colores viven allí. Delfines y rayas también viven allí.

trucha de coral

¡HAGAMOS MATEMÁTICAS!

Estás nadando con tu hermano en el arrecife. Ves 22 peces cirujano regal. Tu hermano ve 24 peces cirujano regal. Usa las frases "**mayor** que" y "**menor** que" para comparar la cantidad de peces.

1. 22 es ______ 24

2. 24 es ______ 22

raya pintada

El arrecife también es el hogar de varios tipos de aves. Viven en sus **islas**.

rabijunco colirrojo

gaviota plateada

¡Cuídala!

Muchas personas visitan la Gran Barrera de Coral. Deben ayudar a cuidarla. ¡Queremos que el arrecife dure!

¡HAGAMOS MATEMÁTICAS!

Practicas **esnórquel** en la Gran Barrera de Coral. Ves 12 peces ballesta. Ves 20 escáridos verdes. Ves 13 sepias amarillas. Usa > o < para comparar la cantidad de peces.

1. 12 ______ 20

2. 20 ______ 13

3. 13 ______ 12

Resolución de problemas

Estás a punto de practicar esnórquel en la Gran Barrera de Coral. ¡Abajo! Ves...

- 12 rayas
- 21 peces cirujano regal

1. ¿Cuántos grupos de diez rayas hay? ¿Sobran rayas? Si es así, ¿cuántas?

2. ¿Cuántos grupos de diez peces cirujano regal hay? ¿Sobran peces cirujano regal? Si es así, ¿cuántos?

3. Usa >, < o = para comparar la cantidad de rayas y peces cirujano regal.

   12 ______ 21

Glosario

arrecifes de coral: material duro que se forma bajo el mar

esnórquel: la actividad de nadar bajo el agua con un tubo para respirar

islas: áreas de tierra rodeadas de agua

mayor: más grande

menor: menos grande

Índice

Soluciones

¡Hagamos matemáticas!

página 7:

1. sí
2. sí; quedan 6 peces payaso

página 15:

1. menor que
2. mayor que

página 19:

1. <
2. >
3. >

Resolución de problemas

1. 1 grupo de 10; sí; quedan 2 rayas
2. 2 grupos de 10; sí; queda 1 pez cirujano regal
3. <